Scholastic

Clifford

La course de traîneaux à chiens

Apple Jordan

Illustrations de Josie Yee

Texte français d'Isabelle Allard

**D'après les livres de la collection
« Clifford, le gros chien rouge » de Norman Bridwell.**

Copyright © Scholastic Entertainment Inc., 2005.
Copyright © Éditions Scholastic, 2005, pour le texte français.
Tous droits réservés.

D'après les livres de la collection CLIFFORD, LE GROS CHIEN ROUGE
publiés par les Éditions Scholastic.
MC et Copyright © Norman Bridwell.
SCHOLASTIC et les logos connexes sont des marques de commerce
ou des marques déposées de Scholastic Inc.

CLIFFORD, CLIFFORD LE GROS CHIEN ROUGE et les logos connexes
sont des marques de commerce ou des marques déposées de Norman Bridwell.

Édition publiée par les Éditions Scholastic, 175 Hillmount Road, Markham (Ontario) L6C 1Z7.

ISBN 0-439-95376-6
Titre original : The Ice Race
5 4 3 2 1   Imprimé au Canada   05 06 07 08

Éditions
SCHOLASTIC

Il fait froid sur l'île de Birdwell.

C'est une journée idéale pour

la course de traîneaux à chiens!

Clifford et les autres

chiens de l'île forment

l'équipe des Héros.

Tout le monde s'échauffe.

Nonosse plie les genoux.

Cléo touche ses orteils.

Max fait des étirements.

Clifford mange des biscuits énergisants.

L'équipe des Champions se place

sur la ligne de départ.

— Ils ont l'air rapides, dit Nonosse.

— Mais ils n'ont pas l'air

de s'amuser, dit Cléo.

Émilie voit que les Héros

sont nerveux.

Elle se met à chanter :

— Nous sommes les meilleurs!

Nous serons les vainqueurs!

— À vos marques…

prêts…

PARTEZ!

La course commence!

Soudain, un coup de vent
emporte la carte d'Émilie
sur le lac gelé.

— Oh non! crie Émilie.

Nonosse glisse sur le lac

avec prudence.

Il rapporte la carte

jusqu'à la rive.

— Merci, Nonosse,

dit Émilie.

Les Héros s'arrêtent pour manger.

Tout le monde est affamé.

— Oh non! dit Émilie.

Le repas est tombé du traîneau.

Émilie a du chocolat dans sa poche.

Mais qu'est-ce que les chiens

vont manger?

Max décide de déterrer les os

qu'il a enterrés l'automne dernier.

Tous les chiens ont une gâterie glacée!

Les Héros ne savent pas quel chemin prendre.

Ils décident de tourner à gauche.

Bientôt, ils ne retrouvent

plus la piste.

Ils sont perdus!

Clifford dépose Émilie

en haut du phare.

Elle voit la ligne d'arrivée.

Les Héros courent

le plus vite possible.

Mais ils sont fatigués.

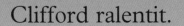

Clifford ralentit.

Nonosse ralentit.

Max et Cléo aussi.

— Nous pouvons y arriver! crie Émilie.

Nous allons réussir!

Tous les chiens se remettent à courir.

Les Champions sont à quelques

mètres de la ligne d'arrivée.

Les Héros courent plus vite

pour les rattraper.

Cléo ferme les yeux.

Elle a peur de regarder...

Dans un dernier élan,

Clifford lance ses pattes en avant...

Les Héros de l'île sont les premiers!

La foule les applaudit!

Les Champions viennent les féliciter.

—Vous aviez l'air de vous amuser,

disent-ils aux Héros.

— Faire la course, c'est amusant!

dit Clifford.

Ensuite, tout le monde fait la fête!

Te souviens-tu?

Encercle la bonne réponse.

1. Quel est le nom de l'équipe de Clifford?
    a) les Canins
    b) les Héros
    c) les Champions

2. Qu'est-ce que le vent a
   emporté sur le lac?
    a) le chapeau d'Émilie
    b) le foulard d'Émilie
    c) la carte d'Émilie

Qu'arrive-t-il en premier?

Qu'arrive-t-il ensuite?

Qu'arrive-t-il à la fin?

Écris 1, 2 ou 3 dans l'espace qui suit chaque phrase.

Clifford dépose Émilie en haut du phare. _____

Le repas de l'équipe des Héros tombe du traîneau. _____

L'équipe de Clifford tourne du mauvais côté. _____